Enmascarados

Maximiliano Fontes Barrios

EDIQUID

ENMASCARADOS

Editado por: Corporación Ígneo, S.A.C.
para su sello editorial Ediquid
José Olaya 169, Ofic. 504, Miraflores. Lima, Perú
Primera edición, octubre, 2024

ISBN: 978-612-5142-92-4
Tiraje: 50 ejemplares

Hecho el Depósito Legal en la Biblioteca Nacional del Perú N° 2024-05119
Se terminó de imprimir en octubre de 2024 en:
ALEPH IMPRESIONES SRL
Jr. Risso Nro. 580 Lince, Lima

www.grupoigneo.com
Correo electrónico: contacto@grupoigneo.com | Teléfono: +51 955 071 270
Facebook: Grupo Ígneo | X: @editorialigneo | Instagram: @grupoigneo

Colección: Nuevas Voces

Contenido

Dedicado a la mujer más poderosa de mi mundo.
Mi reina madre.

Los nombres, personajes y hechos relatados en esta obra literaria son mera y completamente ficticios. Cualquier parecido con personas reales (vivas o muertas) o con hechos reales es pura coincidencia.

Capítulo I
La entrevista

—¡Grande, Maxi! —aplausos.

—Bien, bien ahí, chiquilín.

—Felicitaciones, Max. Brindemos por este logro que es el primero de muchos que estarán por venir muy pronto. ¿Y qué vas a hacer ahora que ya te dieron el título de Licenciado en Ciencias de la Comunicación?

—¿Un viaje y después arrancar con todo con la profesión? —comentó uno de la barra.

—No, no. Empezaré de inmediato a buscar trabajo. Necesito insertarme en el mundo laboral cuanto antes. Ya es hora de que comience a mantenerme por mí solo y salga debajo del ala de mi madre.

A la mañana siguiente y sin perder tiempo después de haber festejado con mis amigos más cercanos, emprendí a explorar distintas vías y opciones de empleo en el rubro de la comunicación, más precisamente en el área comercial, *marketing* o publicidad, que es el sector que más me interesa. LinkedIn, plataformas de trabajo en los portales digitales, llamados en la web, entre otros. A medida que iban pasando las horas, los días, las semanas y el tiempo, mis ansias y desesperación comenzaban a incrementarse al ver que no había ninguna novedad. Pero una mañana fría de invierno, aparece de sorpresa un mensaje de texto en mi iPhone:

—Sr. Ruíz, ¿puede hablar? —preguntó con un tono amable.

—¿Qué tal? Sí, claro.

—Lo llamaremos en dos minutos.

—Perfecto.

Transcurrieron 120 segundos cuando mi celular comenzó a sonar: Mixed Emotions de los Rolling Stones.

—Sr. Ruíz, ¿qué tal? Mi nombre es Alejandra González, soy la CEO de la agencia de publicidad YGV Global Uruguay y nos gustaría concretar una entrevista en particular con usted. ¿Puede ser?

—Excelente. ¿Cuándo sería?

—¿Le queda bien mañana jueves a las 9:30 horas?

—Perfecto.

—Le paso la dirección: *Av. 8 de octubre 2351* en la zona de Tres Cruces.

—Excelente. Nos vemos mañana.

—Perfecto. ¡Ah!, una cosa más, Sr. Ruíz. No comente con nadie sobre esta entrevista. Necesitamos extrema reserva y absoluta confidencialidad.

—No hay problema —respondí con tono seguro.

No pude contener la emoción y empecé a saltar de felicidad y locura en el comedor de mi casa. Sin embargo, segundos después, mi cabeza comenzó a repasar y noté por un instante que había algo peculiar en la charla en el momento en que expresó «entrevista en particular» y «no comente con nadie». Pero minutos más tarde, dejé de darle importancia, ya que era mi primera entrevista y estaba con todas las ganas y la emoción de poder acceder a cualquier puesto que me ofrecieran, con tal de ingresar lo más rápido posible al mercado publicitario.

Sin más preámbulo, me vestí de manera muy formal, me rocié un poco de perfume y me dirigí hacia el encuentro. Al llegar a la dirección indicada, percibí que era una casa normal desde el exterior y que no tenía ningún rasgo ni cartel que me indicara que era una agencia de publicidad. Al momento de tocar el timbre, me tomó unos segundos arreglarme la corbata y el cuello de la camisa. Minutos más tarde, la puerta se abrió y una joven rubia alta, de entre unos 25 a 28 años, apareció en la puerta.

—¿Sr. Ruíz?

—En efecto.

—Venga por acá. Acompáñeme, por favor.

—Muchas gracias.

Al parecer, la entrevista sería en una sala grande con una mesa larga de madera, varias sillas y una televisión *smart* colgada en una de las paredes.

—¿Algo para tomar? ¿Café? ¿Té? ¿Agua mineral con gas o sin gas?

—No, muchas gracias. Estoy bien así.

—La Sra. González estará con usted en un momento. Cualquier cosa que desee o precise, no dude en solicitarlo.

—Perfecto, gracias.

Mientras aguardaba sentado, pude notar la cantidad de premios y reconocimientos que la agencia había obtenido, lo cual generó que mi entusiasmo se incrementara aún más, ya que iba a trabajar en el hipotético caso de que llegara a quedar para diversas y diferentes marcas nacionales e internacionales y poder obtener alguna de esas condecoraciones. Además de estar en contacto con múltiples jefes, directores y clientes de otros países y de distintas nacionalidades. Mi mente no paraba de viajar y de proyectarse hacia el futuro cuando, de repente, una voz femenina detrás de mí me hizo volver en sí.

—¿Sr. Ruíz?

—Maximiliano, por favor.

—Maximiliano. ¿Qué tal? Hablamos ayer por teléfono. Soy Alejandra González, CEO de YGV Global Uruguay.

—Un gusto, encantado —dije, estrechándole la mano.

—El gusto es todo nuestro.

Al momento de saludarnos, pude percibir que era una mujer de cabello crespo, color rojizo, de unos 45 a 48 años de edad, pero que transmitía seguridad, firmeza y mucho aplomo al momento de hablar.

—¿Te ofrecieron algo de tomar?

—Sí, muchas gracias.

—Nadia. ¿Me traes un café para mí, por favor?

Bueno, Maximiliano, te estarás preguntando por qué te hemos convocado y el motivo de tanto hermetismo.

—Usted dirá.

En ese instante, ella comenzó a relatarme que YGV Global Uruguay es una de las agencias de publicidad y centrales de medios internacionales más importantes que se encuentra en nuestro país desde hace más de veinte años. Cuenta con una plantilla de empleados que asciende a más de ochenta en Uruguay, pero en un total aproximado son más de mil trabajadores de diferentes países, entre los cuales tenemos directores, contadores, abogados, ejecutivos de cuentas, *media planners*, asistentes de diversas cualidades, creativos, diseñadores, digital, fotógrafos, producción, etc.

—Maximiliano, voy a ser muy directa contigo en lo que te vamos a ofrecer y esperamos con vehemencia que aceptes la propuesta. Necesitamos una persona que ocupe un cargo de *media planner senior* que tenemos vacante hasta la fecha. Es decir, un planificador de medios. Alguien que elabore, planifique y ejecute los planes de comunicación para una de nuestras tantas carteras de clientes con múltiples y diferentes marcas que tenemos. Un profesional que negocie los mejores costos en los diversos espacios y formatos con los distintos medios de comunicación, tanto en el área offline como en la sección digital.

Mi atención iba cada vez más en aumento y estaba puesta netamente en escuchar cada palabra, cada oración y cada frase de lo que me estaba proponiendo.

—Buenísimo. Desde ya le comunico que estoy más que interesado. Pero permítame una corrección, yo no soy planificador de medios. Tan solo hace unas pocas semanas que egresé de la Universidad de Comunicación. Conozco el área porque la estudié en la Licenciatura, pero me estaría faltando mucha práctica. Es decir, carezco de experiencia en el rubro. Desconozco si lo que buscan es alguien con experiencia más avanzada en el área o alguien nuevo.

—No te preocupes, mirando tu currículum, cumplís con todas las cualidades que estaríamos necesitando. Si aceptás la propuesta, nosotros te vamos a entrenar profesionalmente por un período de dos años y comenzarás a saber bien en detalle de lo que te estoy diciendo.

—¡Perfecto! ¿Por qué dos años?

—Porque no solo necesitamos que te desarrolles y te preparen al máximo como *media planner senior*, sino también precisamos que comiences a pensar y cumplas el rol de doble agente.

Mi cara fue de asombro.

—Woow. ¿De doble agente? —una tímida risa aparece en mi boca y mi cara de sorpresa—. Disculpe, pero acá sí que no la estoy entendiendo.

En ese instante, los ojos de Alejandra comenzaron a brillar, ilusionada, al pronunciar cada una de sus palabras, mientras que mi rostro era de extrañeza y de incredulidad al no entender esta última parte de lo que me estaba planteando.

—Durante dos años trabajarás en nuestra agencia con nuestros clientes y para nuestras marcas. Aprenderás no solo todos los softwares de planificación, sino que entrenaremos tu mente para que comiences a pensar como un verdadero planificador de medios omnichannel, tanto para medios offline como online. Pero también precisamos que desarrolles otras capacidades. Por supuesto, te pagaremos un sueldo acorde, como corresponde, con todos los aportes previsionales, y te brindaremos el vehículo que tú desees para que puedas movilizarte sin inconvenientes. Una vez culminados estos dos años con nosotros, período más que idóneo para que hayas adquirido el entrenamiento y la experiencia suficiente, te vamos a despedir con la finalidad de que puedas insertarte enseguida en una de nuestras agencias de publicidad férrea enemiga y competidora, como es la agencia HV Media.

—No entiendo —reí—. ¿Cuál es la finalidad de todo esto? —dije, mirándola fijo a los ojos.

—Maxi, el objetivo es poder hacer un poco de justicia e inclinar la balanza hacia nuestro lado. Esta agencia rival y adversaria, desde hace años, nos viene robando bienes y recursos profesionales, más precisamente media planners y creativos. Los recluta, los hace trabajar por un determinado período, les extrae sus ideas, sus estrategias, sus innovaciones y los desecha como perros cuando ya no les son de utilidad. Necesitamos que ingreses en HV Media y nos transmitas toda la información de sus clientes, qué costos manejan con todos los medios de comunicación y las productoras con las cuales trabajan. Precisamos saber cuáles son sus planes de campañas publicitarias, licitaciones, innovaciones en medios, creatividades, etc. Toda aquella data que nos pueda ser de utilidad, que nos permita ganar ventaja y estar varios pasos más adelante que ellos, nos será de gran utilidad.

—¡Guau! No me esperaba esto —dije, sorprendido y entre risas—. ¿Lo que me está planteando en realidad es que sea un espía?

—En efecto. Después de que te despidamos, seguiremos pagando tus honorarios por fuera de la ley, mientras recibes el sueldo de esta agencia competidora. Así, tu salario total, será similar al de uno de nuestros directores.

La adrenalina de mi cuerpo aumentaba cada vez más, sin dar crédito a lo que esta señora me estaba proponiendo. No obstante, la idea me entusiasmaba cada vez más, mientras el miedo y la desconfianza crecían a la par.

—Una vez que aceptes esta propuesta y estés en YGV Global Uruguay, responderás ante mí y ante uno de nuestros directores de área más solemnes, el Sr. Gonzalo Mancini, quien será el encargado de entrenarte. En HV Media, te reportarás directamente conmigo, y con nadie más. Reitero, Maxi, con nadie más hablarás —dijo, mirándome a los ojos.

—¿Cómo saben que una vez que me despidan, HV Media me va a reclutar?

—Maxi, necesito que hagas algo que ahora te parecerá dificultoso. Pero es preciso que tengas confianza en mí. Eres nuestro primer plan piloto, el primero que convocamos y el primero que entrevistamos para esta etapa. No fue fácil seleccionarte entre otros aspirantes. Pero, como te mencioné antes, cumples con todos los requisitos y condiciones que precisamos para entrenarte y hacer de ti no solo el mejor estratega en planificación de medios, sino un profesional completo del espionaje del mercado publicitario e industrial.

Son las 10:20 horas. Tienes veinticuatro horas para pensarlo y tomar una decisión.

Capítulo II
La bienvenida

Una fría mañana del primer lunes de agosto, llegué a la dirección acordada y fui recibido en el vestíbulo por el Sr. Gonzalo Mancini, un joven serio, de estatura media, con lentes, pelo castaño y vestido elegante con traje, sosteniendo una tablet en su mano izquierda. Daba toda la sensación de ser una persona estudiosa y muy inteligente, encarnando todas las características de un nerd.

—Buenos días —anuncié.

—Buenos días. Acompáñeme por aquí, por favor.

Durante el recorrido por las instalaciones, fui apreciando las distintas oficinas de mis futuros compañeros. El acceso a cada una de las puertas que íbamos atravesando se hacía mediante huellas dactilares, lo que me hizo percibir que no cualquiera podía ingresar a esta organización y que la seguridad era bastante eficaz y estricta.

—Esta sala es la de Planificación de Medios. Ellos serán tus colegas.

Voltearon para verme unos segundos y luego retomaron su concentración en lo que estaban haciendo.

—Este es tu escritorio, con tu *laptop* y un teléfono de línea con los internos. ¿Alguna duda o consulta?

—Solo una. ¿La contraseña de mi computador?

—Ingresarás con la huella dactilar de tus pulgares, una vez que Leonardo, nuestro IT, te otorgue el acceso. Mientras caminábamos, pudiste ver que las puertas se abren con las huellas de la mano. Las huellas dactilares también te permitirán acceder a la mayoría de las oficinas y salas, pero no a todas. Hay algunos departamentos a los que no tendrás acceso aún, debido a que no posees el nivel apropiado por el momento. A medida que avances e incrementes tu capacidad y aptitud, te iremos brindando ciertos beneficios y accesos a otras áreas. ¿Alguna otra duda?

—Ninguna por ahora —le comuniqué.

En ese instante, aparece un muchacho corpulento, de entre 30 y 35 años, pelo negro con un perfil bien *hipster* y una *tablet* en su mano izquierda.

—Bienvenido al equipo. Soy Leonardo Frey, el IT de la agencia —dijo, sonriendo.

—Muchas gracias, Leonardo.

—Decime, Leo. Permíteme tus pulgares de ambas manos para tomar tus huellas. Apóyalos en la pantalla de la tablet.

Segundos más tarde.

—¡Perfecto! Ya tienes acceso a tu máquina y a las puertas que te habrá mencionado Gonzalo. Ahora, permíteme tu iPhone.

—¿Mi iPhone?

—Sí. Necesito configurarlo y colocarle un dispositivo que te permitirá hablar con seguridad con nosotros y que no puedan rastrearlo o grabar las conversaciones.

—¡Perfecto!

—Listo. Cualquier consulta, duda o inconveniente que tengas, no dudes en hacérmelo saber, ¿sí?

Continuamos con la recorrida por toda la agencia, hasta que llegamos a la oficina de la CEO.

—Hola, Maxi. Bienvenido a YGV Global Uruguay —dijo con voz amable y sonriente.

—Muchas gracias.

Capítulo III
El entrenamiento

Apenas apoyé mi pulgar derecho en la pantalla de la *laptop*, se desplegó un cuadro de diálogo dándome la bienvenida.

Comencé a observar las carpetas de los clientes que me habían asignado, entre las cuales aparecían *Abibas*, *Leucoste*, *Nisshani Motors* y The *Company* DrinGK Fresh. Cada una de estas marcas es conocida no solo a nivel local, sino también internacionalmente. A partir de este momento, daba comienzo a mi exigente y riguroso entrenamiento que me prepararía para el futuro para el cual fui contratado.

Capítulo IV
Primera misión en HV Media

Después de veinticuatro meses de un riguroso y duro entrenamiento, recibo un WhatsApp:

—Ven a mi oficina en diez minutos —me citó la CEO.

Después de un tiempo, llegué a la oficina y encontré a mi jefa hablando por celular. Con un simple gesto de levantar su mano, me solicitó que ingresara y me pidió que cerrara la puerta. Ella terminó su conversación.

—Maxi, ¿cómo venís?

—Muy bien. Un poco ansioso por tener una misión.

—Perfecto, llegó la hora.

Mi cara cambió por completo cuando ella giró su *laptop* hacia mí y comenzó con la presentación.

—FALPORT es una cuenta estatal manejada por HV Media y, dentro de un aproximado de una semana, convocará a una licitación en el área de comunicación, *marketing* y publicidad. Por lo que los tiempos no nos apremian, pero urgimos que ingreses de inmediato a HV Media.

Gonzalo tiene armado tu perfil profesional; precisamos que lo publiques en LinkedIn y, al mismo tiempo, lo envíes al Departamento de Recursos Humanos de HV Media en setenta y dos horas.

—¿Preguntas?

—Solo una. ¿Por qué debo enviar mi currículum en setenta y dos horas?

—Ellos cuentan con un equipo de cuatro personas que trabajan y conocen a fondo la cuenta. Pero uno de ellos saldrá de viaje en veinticuatro horas y tenemos todo listo para que no vuelva y no regrese en definitiva a su puesto de trabajo.

Mi cara cambió por completo. ¿Lo van a matar? ¿Lo van a hacer desaparecer?

—No te preocupes por lo que haremos con este *media planner*. Tú solo enfócate en la misión. Nosotros nos ocuparemos del resto. ¿De acuerdo?

Con una expresión preocupada, no me quedó otra opción que asentir y aceptar mi primera misión.

A los tres días, envié mi currículum por correo electrónico al Departamento de RR.HH., tal como me fue indicado. Solo quedaba esperar y revisar cada tanto mi perfil en LinkedIn para ver si había sido visto por HV Media.

Una mañana lluviosa de julio, estando en casa, sonó mi celular. Al atender, observé que se trataba de un número no registrado. Intuía claramente que eran ellos. En efecto, así era. La gerente de Recursos Humanos, la psicóloga Martina Souza, me estaba citando para una entrevista laboral ese mismo día a las 15:00 horas.

Minutos después de la llamada, le envié un mensaje a mi jefa:

—Mordieron el anzuelo.

—Excelente, Maxi. Éxitos.

Me dispongo a ir a la entrevista en mi moto, una Suzuki Hayabusa, y me asalta el recuerdo de mi primera entrevista en YGV Global Uruguay.

Al llegar, suena el timbre y una voz femenina resuena en el intercomunicador:

—HV Media. Buenas tardes.

—Buenas tardes, estoy citado para una entrevista laboral a las 15 horas. Mi nombre es Maximiliano Ruíz Díaz.

—Perfecto, adelante.

Una vez dentro del edificio, tomé el ascensor hasta el quinto piso. Las puertas se abrieron y apareció una señora vestida con gran elegancia, de entre 55 y 60 años aproximadamente.

—¿Maximiliano?

—Así es.

—¿Qué tal? Soy Martina, hablamos hoy por la mañana.

Le estreché la mano con una sonrisa, expresando mi agradecimiento.

Mientras caminábamos hacia el lugar donde iba a ser la entrevista, me disponía a observar con determinada minuciosidad el lugar en general. Percibí si poseían cámaras de vigilancia, cuántas oficinas había, qué personas estaban trabajando, cuántas eran y qué cargos ocupaban.

—Vení por acá. Toma asiento en esta sala, por favor, así charlamos tranquilos. Voy a traer algo para tomar. ¿Café, té, refresco o agua?

Durante el entrenamiento, me prepararon para actuar con rectitud, así que, para que mordieran aún más el anzuelo, debía aceptar el convite que me ofrecían como un gesto de cortesía.

—Un café con azúcar, por favor —solicité.

—Perfecto. Te voy a acompañar con lo mismo.

En la mesa había una *tablet* en la que se apreciaba visiblemente mi currículum enviado días atrás.

—Estuve estudiando tu currículum. Veo que sos Licenciado en Ciencias de la Comunicación, recibido hace un par de años.

—Sí, por la Universidad de Comunicación perteneciente a la Universidad de la República.

—Yo soy psicóloga recibida por la misma institución —me miró y se rió, como buscando cierta complicidad entre dos colegas egresados del mismo organismo educativo—. Nos gusta mucho tu perfil —indicó, mirando la pantalla con cierta seguridad y aprobación.

Después de varios minutos conversando sobre mi experiencia académica y mi inexperiencia laboral, me detalló minuciosamente las características del cargo.

— Maximiliano, el cargo que tenemos vacante es el de media planner. Somos una agencia de publicidad integral que pertenece a una red global cuya casa matriz se encuentra en la ciudad de Marsella en Francia. Tenemos sucursales en varias ciudades y en distintos países. Estamos hablando de una red bastante grande y muy fuerte. Nuestras oficinas aquí en Uruguay operan de lunes a viernes de 9 a 18 horas, con una hora para el almuerzo. ¿Venimos bien? —me preguntó, mirándome a los ojos.

—Clarísimo —respondí con énfasis.

—Perfecto. Ahora, la pregunta que más te interesará, ¿cuáles son tus aspiraciones salariales?

En ese momento, recordé lo que me había comunicado mi mentora, Alejandra, durante el adiestramiento: «Cuando te pregunten cuánto pretendes ganar, responde con firmeza $ 50.000 pesos nominales. Esto facilitará tu ingreso inmediato a la agencia. No te preocupes, una vez que estés dentro del lugar, como ya te lo hemos hecho saber, recibirás los honorarios de nuestra parte y el sueldo de esta agencia cuando te vayan a contratar».

Con firmeza y mirándola a los ojos, indiqué: —Cincuenta mil pesos nominales.

—Perfecto, estás dentro del rango que teníamos previsto. ¿Cuándo podrías empezar?

—Si dependiera de mí, en tres días estaría comenzando.

—Excelente, bienvenido a la agencia. Por favor, proporciona tu cédula de identidad y el carnet de salud para iniciar la documentación con nuestro departamento administrativo. Y de nuevo, bienvenido. Te esperamos el próximo lunes.

—Genial, muchísimas gracias.

Al llegar a mi casa, mi celular empezó a sonar.

—Logré entrar a HV Media, tal como lo habías previsto.

—No esperaba menos de vos. Te entrenamos bien. Ahora descansa, y mañana Gonzalo te enviará un perfil de cada uno de los integrantes que manejan la cuenta de FALPORT. Es crucial que los estudies en profundidad y en detalle para conocerlos y tener ventaja sobre quienes serán tus próximos compañeros.

—Excelente, Alejandra. Muchas gracias por darme mi primera misión.

—Maximiliano, una cosa más, y es trascendental: no subestimes a nadie, desconfía de todos y algo muy importante que debes tener presente, nunca bajes la guardia

Capítulo V
Dentro de HV Media

Llegado el lunes por la mañana, decidí escoger mi mejor atuendo para causar una impresión ilustre. A las 8:45 horas, me presenté en la recepción de la agencia HV Media, donde una joven de pelo rubio, vestida elegante, estaba sentada frente a una *laptop.*

—Buenos días, ¿qué tal? Tú eres el nuevo planner, ¿verdad?

—Buenos días. Efectivamente.

—Dame unos minutos y en breve te anunciaré con la Sra. Vittoria Conte. A partir de hoy, ella será tu jefa directa y está a cargo del departamento de medios.

En ese instante, recordé el perfil de cada uno de los integrantes que Gonzalo Mancini me había enviado, incluyendo el de ella:

Nombre completo: Vittoria Conte Demuru.

Edad: 48 años.

Estado civil: Casada, dos hijos de 10 y 12 años.

Cargo: Profesional de la comunicación con más de 25 años de experiencia en disciplinas integradas en construcción de marcas y *marketing.* Docente universitaria y con el título de Licenciada en Ciencias de la Comunicación con opción Publicidad. Ganadora de dos premios *FIAP* y más de *cincuenta* premios y distinciones en estrategia de medios y *marketing.* Distinguida como *Women to Watch* 2017 por *Adlatina.*

Cualidades: Obsesiva, observadora, minuciosa y detallista del trabajo.

Defectos: Desconfía de todas las personas que no conoce a fondo. No tolera el engaño y la farsa.

Minutos más tarde, se hizo presente en la recepción. Su apariencia era bastante similar a su currículum.

—Hola, ¿qué tal? Soy Vittoria —me saludó con un beso.

—Un gusto, Maximiliano.

—Acompáñame, que te presento al resto del equipo.

Tras cruzar la gran sala donde tuve la entrevista, salimos a un pasillo y luego ingresamos a otra sala. Al entrar, reconocí dos rostros que ya había distinguido la noche anterior en mi pantalla.

Nombre completo: Antonella Rodríguez Uriarte.

Edad: 28 años.

Estado civil: En pareja desde hace cinco años.

Cargo: Ejecutiva de la cuenta FALPORT. Es quien solo mantiene contacto con el cliente a diario y en conjunto con Vittoria. También es Licenciada en Ciencias de la Comunicación egresada de la Universidad de Comunicación.

Cualidades: Metódica, observadora, suspicaz, disciplinada, tenaz y muy responsable en su trabajo.

Defectos: No es posible ganarse su confianza a la primera. Bastante escéptica e incrédula.

Nombre completo: Felipe Castro Curbelo.

Edad: 25 años.

Estado civil: Sin compromiso.

Cargo: *media planner digital.* Es quien planifica, desarrolla y ejecuta junto al *media planner off,* todos los planes de campaña de la cuenta. Si bien, no posee formación académica, es muy autodidacta.

Cualidades: Posee un conocimiento bastante amplio en el área informática y en programación.

Defectos: Es curioso, individualista y anticonformista.

Después de observar en detalle a mis compañeros y recordar con exactitud cada uno de sus perfiles, me direccionaron a mi puesto de trabajo.

—Este será tu lugar —dijo, agarrando la silla.

Iba a compartir la misma mesa larga donde se encontraban mis colegas. Cada uno de nosotros tenía una *laptop*, un teléfono de mesa, un almanaque del año en curso, una libreta para anotaciones y un portalápices con sus respectivos útiles.

—Este equipo solo maneja la cuenta de FALPORT —me advirtió, sin bajar la mirada—. Desconozco si Martina en la entrevista te informó, pero este es el cliente más importante que tenemos en HV Media. No podemos permitirnos de cometer errores. Antonella y yo somos las únicas dos personas en la agencia que tenemos contacto con la gerente de *marketing*, quien es la responsable y es la que aprueba todos los planes de comunicación y cada una de las campañas publicitarias.

En ese instante, mis manos comenzaron a sudar, hasta que logré recuperar la serenidad.

—Otro punto no menor, y el más trascendental de todos, es que además del contrato de trabajo, firmarás un acuerdo de confidencialidad. La información que tratamos y trabajamos es más que secreta y reservada. Ningún dato debe salir de esta agencia, ni convertirse en temática o tópico de conversación en reuniones familiares, con amigos e incluso en el trabajo. ¿Quedó claro? —decretó.

—Cristalino —recalqué.

Con el transcurso de los días, conocí y asimilé en detalle información específica de la cuenta, empezando por quiénes integraban el directorio, el sistema operativo, los planes de campañas publicitarias, las planillas de reportes, los costos y los convenios que la agencia mantenía con numerosos medios de comunicación.

—¡Ufff! Información muy valiosa para empezar —dije, con una expresión pícara.

Capítulo VI
Tomando confianza

Cumplido el mes de trabajo en la agencia, sonó mi celular. Su voz era inconfundible.

—¿Cómo venís?

—Alejandra, ¿cómo estás?

—Muy bien. Hacía tiempo que no me ponía en contacto contigo. No era porque te había olvidado, sino que queríamos que te establecieras en tu nuevo puesto, conocieras el panorama de la agencia, tus nuevos compañeros y la cuenta que tanto ambicionamos; sobre todo, no queríamos presionarte de antemano.

Noté que su voz sonaba con cierto ímpetu, como esperando las primeras informaciones que le iba a comunicar.

—El nombre de mi jefa directa es Vittoria Conte Dem... —me interrumpió.

—Maxi, por seguridad, mejor no por aquí. Estaré en tu departamento en unos cuarenta y cinco minutos —cortó la comunicación.

Capítulo VII
El secreto

Minutos después, sonó el timbre de la puerta.

—La puntualidad siempre fue una de tus virtudes —mencioné, sonriendo.

—Entrenarte fue otra de mis cualidades —respondió ella.

—¿Café?

—Por favor. Con edulcorante.

En ese momento, Alejandra sacó su *laptop* de su cartera y la colocó sobre la mesa.

—¿Qué tenemos?

—Bien. El equipo para la licitación se encuentra compuesto por las personas que ya sabíamos. En la jornada de ayer, comenzamos a pedir nuevas condiciones de costos a las radios, a los canales de televisión, a todos los proveedores de vía pública, portales digitales, redes sociales y programática. Tuvimos varias llamadas a través de Zoom con la gente de Publistore y con AK Communications para integrar a la estrategia de medios todas las ciudades de los departamentos del interior.

—¿Tenemos fecha de presentación de la licitación? —me interrogó.

—La licitación se entrega el lunes 15 de septiembre a las 18:00 horas, y la defensa, en caso de que HV Media continuara en el proceso, se fijó para el lunes 22 del mismo mes a las 12:00 horas en Casa Central, en la calle Paysandú s/n esq. Avda. Libertador Brig. Gral. Lavalleja.

—Todas las agencias entregarán la licitación el mismo día y es ahí donde se pueden observar todas las carpetas —me relata Alejandra, mientras dejaba la taza sobre la mesa—. ¿Ya sabes cuál va a ser la idea o la bajada creativa del *brief* y la táctica de medios?

Mientras caminaba hacia ella, respondí:

—Aún no, pero están tramando algo muy complejo y supersecreto. Mi cara de entusiasmo y sorpresa se transformaba, ya que no daba crédito a lo que estaba a punto de narrarle.

—Tranquilo, Maxi. Si bien es una licitación muy importante y hay mucha inversión en juego, no es para que pongas esa cara y te perturbes en demasía.

—Es muy inquietante. Ale, lo que te voy a decir ahora es clave —mientras le hablaba, los ojos de Alejandra se iluminaban cada vez más cuando mencioné esto—. Si bien estamos hablando de muchos millones de dólares en *marketing* y comunicación, y de un contrato a tres años con posibilidad de renovación automática, la agencia que gane la cuenta tendrá el poder de informar y comunicar un descubrimiento que se hizo hace una semana y que puede cambiar no solo la industria publicitaria, sino que también tendrá repercusiones en la economía de nuestro país, regionalmente y a nivel mundial, si se llega a implementar.

—Mmm... No entiendo y ahora sí me estás poniendo incómoda. Y mira que, a mi edad, después de haber visto todo en este rubro, ya es casi imposible. ¿Qué descubrieron?

—Alejandra, FALPORT encontró una fórmula que permite convertir el aire puro en una fuente inagotable de energía. Los científicos de uno de sus departamentos descubrieron el proceso y el mecanismo para transformar aire puro y fresco en los cuatro tipos de combustibles fósiles. Es decir, crearon una manera de pasar de una energía renovable, que está al alcance y es barata, a energías que en un futuro muy próximo comenzarán a escasear, como el gas natural, el petróleo, el carbón y el gas licuado del petróleo.

Alejandra se levantó de golpe de la silla.

—No te creo. Lo que me estás diciendo parece imposible, Maximiliano. Esto no se ajusta para nada al pliego que detalla el *brief* de la licitación, el cual tienen todas las agencias participantes —dijo, mirándome a los ojos.

—Esto ocurrió hace dos días, cuando salía de la agencia y tuve que volver porque me había olvidado del cargador del celular. Al llegar a mi escritorio y mientras agarraba el aparato, comencé a escuchar una conversación en la oficina de mi jefa. Me acerqué con sigilo y me coloqué detrás de la puerta, que se encontraba medio entornada, y pude ver a través de la rendija que Vittoria y Antonella estaban en una videollamada con la gerente de *marketing* del organismo. Escuché muy bien cuando esta les confirmaba que sus científicos habían logrado, después de varios intentos, el procedimiento para transformar aire puro en cualquiera de los tipos de combustibles fósiles.

Mientras las palabras salían de mi boca, había una cuota de incredulidad debido a lo que estaba comunicando.

—¿Estás seguro de todo esto, Maxi?

—Por supuesto —enfaticé.

—Es increíble. ¿Te das cuenta de la magnitud de esto? Que un pequeño país como el nuestro, que depende del petróleo, haya descubierto esto. Pone en jaque no solo a los grandes países productores y exportadores de petróleo, sino también a los que lo compran. Imagina que Uruguay informe o de a conocer este procedimiento. Sería movilizador y catastrófico para las grandes potencias mundiales y para las empresas multinacionales. Los gobiernos de varios países caerían, habría invasiones, conflictos bélicos, guerras, desigualdad y mucha pobreza. En un planeta como el nuestro, que posee aire puro sin contaminación y que este sea el principal elemento que pueda mover la economía mundial. ¿Te das cuenta de lo que me estás diciendo? Hablamos de Uruguay, un pequeño país de más de tres millones de personas, en comparación con el resto del mundo, y con la invención de un proceso científico como este que sale de un simple laboratorio. Matarían por tener este secreto.

—Si la invención de la rueda, el fuego, la escritura, la imprenta y las armas nucleares fueron inventos revolucionarios, este sí que será un gran invento, muy innovador y transformador.

Mientras la escuchaba hablar con atención, pensaba dentro de mí que, con este descubrimiento, ya no se trataba de una misión de espionaje doméstico o de menor escala, sino de una misión de espionaje industrial a nivel mundial.

—Muy buen descubrimiento, Maxi.

Por dentro, sentía un orgullo enorme por haber revelado toda esta información, pero a la vez, comencé a sentir un cierto pánico por la magnitud del descubrimiento. Hay un dicho que afirma que cualquier rumor o información conocida por más de tres personas, por más secreto que sea, ya lo sabe todo el mundo.

—Sigamos el plan como estaba planificado. Voy a necesitar más información sobre cuál va a ser la estrategia de la campaña de comunicación, cuáles serán las estrategias creativas que presentarán, y todos los costos que poseen de las pautas de TV, radio, vía pública, prensa y digital. Revelar una noticia de esta envergadura requerirá de un gran esfuerzo en Relaciones Públicas, incluyendo el armado de conferencias de prensa y reuniones con altas autoridades, no solo del organismo estatal, sino también a nivel político e internacional. Toma, este *pendrive*. No lo pierdas. Tiene la particularidad de abrir todo tipo de archivos encriptados y acceder a cualquier computadora, aunque tenga contraseñas. Copia todas las carpetas de la licitación. Vendré a este mismo lugar para recogerlo y veremos en detalle todos los documentos que presentarán para la licitación. Sé precavido y ten mucho cuidado —dijo, mirándome fijo a los ojos.

Después de darme todo este discurso, Alejandra se levantó sobresaltada del sillón, se dirigió a la puerta y, antes de salir, tomó su celular y envió un audio de WhatsApp: «Nuestro hombre descubrió algo vital que no se ajusta en nada al pliego de la licitación que nosotros tenemos, y que también poseen todas las otras agencias. Te veo en la agencia en treinta minutos».

Capítulo VIII
Alguien habló

Al entrar a la agencia HV, noté gente corriendo de un lado para el otro por los pasillos y oficinas. Sin entender lo que ocurría, me dirigí a mi escritorio cuando escuché:

—Maxi, Maxi —me hablan en un tono exigente y a mis espaldas.

Al darme vuelta, vi a mi jefa acercándose rápidamente.

—Vení, acompáñame a nuestra oficina.

—¿Pasó algo? —pregunté con ingenuidad.

—Sí. Tenemos una fuga de información. Alguien de acá adentro filtró detalles sobre la licitación de FALPORT.

En ese instante, la adrenalina y el miedo se apoderaron de mí de tal manera que tuve que enmascarar mi rostro lo mejor posible para no ser descubierto. A tal punto que se me vino a la mente la reunión en mi apartamento del día anterior y pensé de prisa: alguien aquí me vio espiando la conversación, o alguien notó como una de las directoras de la agencia competidora ingresaba por la puerta en mi edificio.

—Encontramos al culpable —dijo ella, y mis piernas empezaron a temblar, obligándome a agarrar una silla y sentarme. Me visualizaba ya en una celda, tras las rejas en Cárcel Central o en el Penal de Libertad—. No te sientes. Quiero que todos los integrantes del equipo vean al infractor que está en la sala grande, bajo custodia de seguridad, hasta que llegue el fiscal del caso y la policía para interrogarlo. Necesito que me digan si han visto algo sospechoso o anormal que haya hecho este sujeto en los últimos días.

El alma me volvía poco a poco al cuerpo, al darme cuenta de que no me habían descubierto y que era otro quien había cometido la infracción. La pregunta que me asaltaba ahora era, ¿quién fue?

—Ahí sentado está el desgraciado culpable —dijo mientras se corría una cortina metálica. Vittoria levantó la mano y lo señala.

—¿Felipe? —mi cara era de asombro. *What the fuck*?

En ese instante, pude ver cómo le habían destrozado y ensangrentado la cara a mi reciente compañero, de seguro obra de los dos guardias de seguridad de la agencia que se encontraban a su lado.

Por un lado, sentía cierto alivio de no ser yo quien estaba ahí, sometido a los duros golpes de esos dos enormes patovicas. Sin embargo, también me invadía la curiosidad sobre porqué lo había hecho y cómo lo habrían descubierto.

—Cada computadora de nuestra agencia posee instalado un sistema que vigila y rastrea todos los movimientos que se realizan en ella. Y descubrimos que Felipe, a pesar de tener un amplio conocimiento en informática, olvidó este pequeño detalle. Estaba enviando información de la licitación desde su mail personal a una de nuestras principales agencias competidoras —explicó Vittoria.

—YGV. Estaba enviando información a la agencia YGV Global Uruguay —afirmó Antonella, mientras en sus ojos se notaba un cierto disfrute, ya que había sido ella quien lo descubrió.

De nuevo, la adrenalina y el miedo se apoderaron de mí, obligándome a disfrazar mi expresión.

—¿Felipe es un espía? —pregunté con ingenuidad, mirándolas.

—Así es. Felipe es una rata, un topo que descubrimos y que deberá pagar muy caro por el tráfico de información sensible que claramente puede perjudicarnos. Esperemos que esta sea la última rata —espetó, Antonella mirándome fijo, como sospechando algo de mí.

—¿La última? —pregunté con cierta timidez.

—Sí, esperamos que sea la última rata que haya en este lugar —dijo, sin dejar de mirarme.

Mi expresión de asombro creció al pensar en lo sucedido; no podía creer lo que estaba percibiendo y escuchando. Por un lado, había alguien dentro de la agencia enviando información a otra agencia de publicidad. Lo que me tenía más desconcertado era que se trataba de un doble agente, alguien como yo, con las mismas características de haber sido entrenado por la misma agencia y para esta misma misión. En ese instante recordé las palabras de Alejandra:

—Tú eres nuestro plan piloto, el primero que convocamos y el primero que entrevistamos. No fue fácil seleccionarte y elegirte entre otros aspirantes. Pero como te mencioné antes, de verdad cumples con todos los requisitos y condiciones que precisamos para entrenarte y que seas, efectivamente, no solo el mejor estratega en planificación de medios, sino todo un profesional del espionaje del mercado publicitario e industrial.

Mi cabeza daba vueltas y vueltas con este pensamiento, y era lo que más me inquietaba y me sacaba de concentración, porque con este nuevo escenario, ¿en quién confiar ahora? En ningún instante del entrenamiento, ni cuando me dieron las instrucciones de esta misión, Alejandra me subrayó que yo era su primer prototipo de prueba en misiones. Esta es la parte que continúa mortificando mi cerebro, una y otra vez. ¿O habrá sido una jugada de Antonella para ver si alguien pisa el palito y pueden descubrir algún otro topo?

Antonella desconfía bastante de mí en todos los aspectos, y desde el primer minuto en que puse un pie en esta agencia y ya vimos que no le erró con Felipe.

Por sobre todas las cosas, debía cuidar mis espaldas a partir de ahora, más que nunca. Pero antes necesito evacuar estas dudas con mi mentora, o mi cabeza iba a explotar.

Capítulo IX
Otros, ¿iguales a mí?

—¿Cuándo me lo iban a comunicar? —pregunté con bronca y mirando a los ojos a Alejandra, que estaba sentada en el sillón de mi living—. Ustedes no tienen idea de todo por lo que tuve que pasar. No sabía ni qué decir ni qué cara poner. Y lo peor de todo esto no fue que hayan descubierto a un espía, sino que este topo trabajaba también para ustedes. ¿Qué les pasa? —exclamé, mientras caminaba con inquietud de un lado para otro.

—Maxi, tienes toda la razón del mundo en enojarte y molestarte. Pero debes entender que necesitamos ganar esa licitación sea como sea, ahora más que nunca, en base al descubrimiento que me comunicaste la última vez que nos vimos. Felipe era uno de nuestros mejores agentes, pero hacía bastante tiempo que no se estaba reportando con nosotros y cada vez que le preguntábamos si tenía algo para darnos, nos daba respuestas muy escasas y escuetas. Comenzó a cometer errores graves. Algunos de ellos eran que llamaba por teléfono desde la propia agencia HV en varias ocasiones y quería que me reuniera con él en un restaurante muy cerca de la agencia y a la vista de todos. A lo cual, comencé a negarme rotundamente ante estas incómodas situaciones.

Las explicaciones y los argumentos de Alejandra iban siendo convincentes, y mi enojo se iba apaciguando con cada oración que expresaba. Pensaron que el hecho de que Felipe tuviera amplios conocimientos en informática, la agencia YGV Global Uruguay iba a poder contar con todos los accesos a todas las carpetas y la documentación de la agencia HV Media. Sobre todo, los archivos de la licitación y poseer toda la data que el reciente y descubierto infractor les iría entregando. Sin embargo, no contaban con el recurso tecnológico que la agencia HV Media había instalado en cada una de las computadoras de los empleados.

—¿Cuántos más como yo hay en HV Media que deba saber?

—Nadie más. En HV están solo tú y Felipe —afirmó.

—¿En HV, solo yo y Felipe? —risas de sorpresa—. ¿O sea que hay más profesionales de la comunicación entrenados por ustedes y jugando a ser dobles agentes, trabajando de encubierto en otras agencias de publicidad?

El silencio de Alejandra mientras me miraba a los ojos me daba la razón.

—Jajaja. No puedo creerlo. Toman estudiantes recién egresados de todas las universidades, los entrenan durante un tiempo en el área publicitaria, *marketing* o comunicación y los convencen de trabajar para otras empresas.

—No solo seleccionamos del área de comunicación, *marketing* y publicidad. Hay abogados, escribanos, contadores, economistas, diseñadores y varios profesionales operando de encubierto para nosotros.

—*What the fuck*. Es increíble. YGV Global Uruguay posee una red de espías en todas las organizaciones, empresas o entidades y en conjunto en todos los rubros. ¿Esto es solo a nivel nacional o también incluye organismos internacionales?

—Operamos en todo el mundo —recalcó.

—No puedo creerlo —mi rostro se sorprendía cada vez más.

—Maximiliano. ¿Qué querés escuchar? ¿Qué necesitás que te digamos?

—Necesito que de ahora en más no me oculten más nada. Mi vida está en juego. Empecé con muchas ilusiones, a tal punto que me encantaba en lo que me había convertido. Pero viendo como dejaron el rostro y el cuerpo ensangrentado de Felipe, estoy empezando a dudar si hice bien en aceptar este trabajo. Y encima tengo a la zorra de mi ejecutiva de cuentas haciéndome marca personal y esperando a que cometa tan solo un mísero error para meterme a la guillotina. La verdad, Alejandra, que es un estrés constante con el cual tengo que lidiar y para eso necesito saber todo para estar prevenido y tener margen de maniobra en caso de que haya alguna situación de imprevisto, como la que acaba de ocurrir.

—Recuerda que no tienes el nivel adecuado para que te entreguemos información de todas las misiones operativas de encubierto que tenemos

—Volvamos a nuestra misión —dije, con cara de desilusión—. Acceder a todos los archivos de la licitación será aún más complicado y complejo con este nuevo panorama. Aunque el *pendrive* que me diste posee la particularidad de no ser detectado, las computadoras donde se encuentran todos los documentos son tan solo dos y estas pertenecen a Vittoria y Antonella.

A todo esto, ¿qué pasará con Felipe?

Alejandra, suspirando y cerrando los ojos, respondió:

—Aparecerá muerto o se lo reportará como persona desaparecida en pocos días.

—¿Qué? ¿Y no vamos hacer nada? Debemos hacer algo para sacarlo.

—Ya dejó de ser nuestro problema. Si bien Felipe puede delatarnos y denunciarnos en caso de que sobreviva o continúe con vida, sería su palabra contra la nuestra. Desde que empezamos a notar ciertas actitudes sospechosas de él, me aseguré de que eliminaran todo su expediente de nuestros archivos para evitar que nos involucre en el futuro. No quedó ningún registro de Felipe en nuestra agencia que pueda vincularnos. Además, ya estamos bastante ocupados como para detenernos en esto ahora.

Pasada la medianoche, tuvimos que empezar a idear un plan estratégico, dado que contábamos con pocos días para copiar todos los documentos, revisar la creatividad desarrollada y todo el plan de comunicación elaborado en base al nuevo secreto descubierto por los científicos de FALPORT. Además de obtener esas carpetas, necesitábamos determinar qué datos nos serían útiles de esos archivos para nuestra agencia y cómo adaptarlos a nuestra presentación de manera que no pareciera un plagio o una copia literal.

—Pasado mañana tengo una reunión en la Comisión de Agencias de Medios. Aunque mi relación con la Sra. Vittoria Conte no es muy fluida, sí es muy cordial. Pero con este nuevo episodio, estará aún más reticente y alerta conmigo, ya que hasta la fecha no tiene pruebas que puedan incriminarnos. Por lo tanto, la computadora estará todo el tiempo con ella, lo cual será imposible poder copiar los archivos.

Tranquila, también asistiré como invitado de HV Media. Se me ocurrirá algo.

Capítulo X
La computadora

Mientras me retiraba el casco y estacionaba mi Hayabusa frente a las oficinas de la Comisión de Agencias de Medios, vi a Alejandra entrando por la puerta. Dentro de veinte minutos, comenzaría una exposición por el presidente del citado organismo y más tarde, una reunión de directiva que nuclea a todas las agencias de publicidad y centrales de medios, lo que me dejaba tiempo para servirme un café y empezar a socializar.

—¿Edulcorante? —preguntó una voz detrás de mí, una voz que me resultaba últimamente conocida. Era la directora de medios de HV Media.

—No, gracias, Vittoria. Tomo el café con bastante azúcar y apenas un chorrito de leche.

Mientras revolvía la taza, observaba los rostros de cada persona que ingresaba a la sala grande.

—No debo recordarte que lo sucedido ayer en la agencia debe permanecer en silencio, ¿correcto? —dijo, buscando cierta complicidad y seguridad en mis ojos.

—Recuerde, señora, que firmé un contrato de confidencialidad. No hablo con nadie de lo que sucede cada día en la agencia y mucho menos en estas reuniones, donde está lleno de personas que trabajan para centrales de medios y agencias competidoras.

—Excelente. Ahora, mirá disimuladamente a tu derecha. Verás a una señora de pelo rojizo hablando con otras personas; esa es la CEO de la agencia YGV Global Uruguay. Estoy casi segura de que fue ella quien colocó a Felipe en nuestra agencia y que este traidor les estaba enviando información.

Era mi gran oportunidad para saber qué era lo que habían hecho con él.

—¿Te puedo preguntar qué pasó con él? —dije, mostrando mi lado más falso y como si no me fuera a sorprender, sabiendo quién era Felipe y para quién estaba trabajando.

—Aparecerá muerto en el río, flotando en los próximos días. No soportó la tortura a la que lo sometimos y lo peor es que no pudimos obtener nada de información de él. Una pena, con el tiempo comenzaba a simpatizarme —dijo, siendo sarcástica.

En ese instante, pensé que me estaba haciendo una broma y mirándola a los ojos, empecé a soltar una tímida risa. Pero enseguida noté que no era ningún chiste.

—¿Me está hablando en serio? ¿Y qué fue eso del fiscal del caso y de llamar a la policía?

—¡Ay, mi iluso y joven estimado! —se rio—. Eso fue más que nada para los demás empleados que estaban en la sala de la agencia. La policía no podía llevarse a Felipe preso así sin más. Necesitábamos saber qué tipo de información y datos había transmitido. Pero lo más importante era saber quién había recibido esa data.

—¿Ustedes lo mataron? Pero estamos hablando de un asesinato, un homicidio.

—No, Maxi. Estamos hablando de millones y millones de dólares que están en juego con esta licitación. Nadie se va a acordar de ese traidor.

En ese instante, una voz por altavoz anunció que en cinco minutos todos los presentes debíamos pasar a la sala grande.

—Voy al baño antes de entrar a la sala. ¿Me cuidas la mochila? Cuidado que está mi computadora adentro. No la dejes en ningún lado y no te apartes de ella.

—Sí, claro. Yo voy entrando a la sala para agarrar lugar para los dos —le comenté.

Tenía la computadora de Vittoria en mis manos y era mi gran oportunidad para copiar en el *pendrive* todos los archivos de la licitación, incluyendo toda la información sobre cómo convertir aire puro en cualquier tipo de combustible fósil. Pensé, ¿qué otra ocasión como esta podría tener? Ninguna. Por lo que debía aprovecharla al máximo.

Me dispongo a entrar a la sala grande, cuyas características eran similares a la de un cine. Por ello, me dirigí a sentarme en los asientos más altos para que nadie pudiera verme. Mientras me ocultaba en el pasillo entre una fila de butacas y otra, encendí la *laptop* y saqué el *pendrive* del bolsillo interno de mi saco.

En la pantalla apareció un cuadro de diálogo con el rostro de Vittoria solicitando una contraseña para acceder a su escritorio. Inserté el *pendrive* en el computador, la pantalla comenzó a tintinear y accedí al escritorio.

Cuando más apurado estás, los nervios empiezan a jugarte una mala pasada. Empecé a buscar de forma aleatoria entre todas las carpetas, lo que me dificultaba concentrarme en lo que estaba haciendo.

En determinado instante, sentí que mi celular recibía un mensaje de Alejandra por WhatsApp, al cual eché un vistazo rápidamente sin dejar de hacer lo mío: «Tranquilo, tienes 10 minutos más para copiar todos los archivos», expresaba.

Esto me indicaba que Vittoria iba a demorar un poco más en el baño. Seguí buscando y no hallaba ninguna carpeta que dijera licitación de FALPORT. Había varias presentaciones de campañas publicitarias para otras marcas, planes de *marketing*, diversos *flows* y planes de medios con distintos costos de segundos para espacios en televisión abierta, televisión por cable y radio. También se encontraban muchas órdenes de compra, órdenes de pauta, múltiples contratos con canales de televisión, variados reportes de competencia de marcas, reportes de *rating* semanales y mensuales, reportes post buy, entre otros archivos. Pero no había rastros de documentos o registros de la licitación. Justo cuando estaba sacando mi celular para pedirle a Alejandra más tiempo y por un error involuntario, presioné sin querer el ícono de la Papelera de Reciclaje, y ahí estaba. Una carpeta sola, sin archivos que la acompañaran. Mis ojos se iluminaron al instante al visualizar la carpeta bajo el título: *Licitación FALPORT 2024.*

—Qué hija de puta. ¿Quién guarda los documentos de una licitación importante en la Papelera de Reciclaje? —murmuré casi susurrando y entre risas.

De manera apresurada, empecé a copiar toda la carpeta al *pendrive*. Iba a tardar un aproximado de ocho minutos. En un momento, levanté la cabeza para asegurarme de que nadie se acercara y vi que todos los presentes estaban concentrados en el discurso que ofrecía el presidente de la Comisión de Agencias de Medios. De repente, noté que Antonella entraba en la sala y empezaba a buscar con la mirada a Vittoria y a mí. No tuve otra opción que bajar rápido la cabeza y mirar repetidamente el progreso del copiado de los archivos del computador al *pendrive*. Faltaban cuatro minutos, que en ese instante parecían una eternidad. Levanté despacio la cabeza por encima del asiento de adelante y vi que Antonella salía corriendo de la sala. Esto me dio un poco de alivio para que finalizara el copiado, extraer el *pendrive* y dejar la *laptop* en la mochila tal como me la había entregado Vittoria.

En ese momento, mi celular comenzó a vibrar.

—Vittoria, ¿qué pasó?

—Necesito que salgas de la sala rápido —me ordenó.

Sin preguntar nada, salí veloz, y al pasar por la puerta, vi a Vittoria y Antonella paradas, muy preocupadas, en el hall.

—¿Pasó algo? —pregunté, poniendo cara de ingenuidad.

—¿Dónde estabas? —me interrogó Vittoria con actitud de enojo, y sentía la mirada de Antonella, esperando a que dijera algo que no le convenciera.

—Estaba sentado arriba, en la sala grande. ¿Por qué la pregunta?

—Dame la mochila —me exigió.

Entonces, la abre de apuro y comienza, a revisar hasta sacar su computadora. Mi corazón empieza a latir con más fuerza, pues si descubren que había hecho una copia completa de la carpeta de la licitación, estaría más que muerto.

—Por suerte, está todo bien —comentó.

La tranquilidad volvió a mí.

—¿Dónde estabas, vos? —me preguntó de nuevo, mostrando cierta desconfianza.

—Estaba ahí, en la sala grande. Me vieron salir por la única puerta que hay.

—¿Y por qué cuando entré a la sala, no te vi? —intervino Antonella, siendo muy suspicaz.

—Antonella, hay cincuenta personas sentadas en esa sala; yo estaba en la parte de arriba. Era complicado que me visualizaras a simple vista. Pero sigo sin entender, ¿qué fue lo que pasó? ¿Por qué ese enojo y la desconfianza hacia mí? Además de la revisión apresurada de la mochila.

En eso, Vittoria intervino mientras hacía una nueva inspección en los bolsillos de la mochila.

—Viste cuando fui al baño. Ingresé a uno de los sanitarios, cerré la puerta por dentro y, después de cinco minutos, quise salir y la puerta no abría. Alguien me había trabado la puerta por fuera.

Mientras Vittoria relataba lo sucedido, recordé el mensaje de WhatsApp que había recibido, dándome más tiempo para buscar la carpeta y hacer la copia de los documentos.

—Maxi, mientras estuviste con mi mochila todo este tiempo, ¿estabas solo? ¿No se te acercó nadie de los que están aquí presentes? ¿O alguien de afuera?

—Efectivamente estaba solo. Nadie se me acercó. Ingresé a la sala grande por la única puerta con la mochila en mi espalda y subí para buscar asientos para vos y para mí. No sabía que Antonella venía a esta reunión.

—Le pedí que viniera urgente a sacarme del baño.

—Qué rapidez en llegar hasta aquí.

Empezaba a darme cuenta de que con esta explicación me estaba convirtiendo en un hábil declarante, capaz de mentirle en la cara a la gente sin que se me moviera un solo músculo, sin percibir el riesgo y peligro que corría.

Mientras nos dirigíamos hacia la salida al terminar la reunión, escuché:

—Maxi, mientras estabas en la sala, ¿de qué habló el presidente de la Comisión de Agencias de Medios? —preguntó Antonella, de manera sorpresiva y desconfiada, intentando ver si había prestado atención al discurso o estaba concentrado en otra actividad.

Por fortuna, mientras esperaba que se encendiera la *laptop*, había observado con velocidad el contenido que el presidente de la Comisión de Agencias de Medios presentaba en la pantalla grande de la sala. Intuía que esta pregunta podría surgir, pero esperaba que viniera de parte de Vittoria, quien estaba en el baño, y estaba casi seguro de que me pediría un resumen de lo que se había expuesto tan pronto se sentara a mi lado.

—Estuvo muy buena la disertación. Habló de las nuevas plataformas de medios que la Comisión va a lanzar próximamente para todas las agencias de publicidad y centrales de medios. A través de lentes de realidad virtual podemos generar *flows* y planes de medios virtuales, lo cual va a facilitar el dinamismo y la inmediatez en caso de reuniones con los clientes. También mencionó el lanzamiento de una nueva innovación en Publicidad Exterior. Mediante determinadas gafas podremos escoger, en conjunto con los proveedores, variados soportes de vía pública utilizando la realidad aumentada, ya sea para formatos grandes, medianos o pequeños, como si estuviéramos viéndolos en vivo y en directo, con la ventaja de hacerlo sin movernos de la agencia y en colaboración con el proveedor desde su oficina.

De nuevo, Antonella cambió la mirada y se quedó en silencio, sin pruebas que me pudieran incriminar y viendo que mi breve explicación era acertada en su totalidad. Sin embargo, seguía desconfiando plenamente de mí.

Capítulo XI
Replanteamiento

Mientras esperaba a Alejandra en mi departamento, me puse a reflexionar sobre mi futuro y me cuestionaba si esto es en realidad lo que quiero y deseo para mi vida. ¿Cómo me vería dentro de unos años? ¿Continuaría siendo un doble agente? ¿Qué sucedería después de esta licitación? Si HV Media perdiera este trascendental *pitch*, ¿terminaría trabajando para la marca FALPORT en la agencia YGV Global Uruguay? De ser así, la agencia HV Media lo descubriría. ¿Y quién me aseguraría que no correría peligro? ¿Qué garantías tendría de que no aparecería muerto en algún lugar? En ese momento, sonó el timbre del portero. Era Alejandra.

Capítulo XII
Los archivos de la licitación

—Al fin lo conseguimos —expresó Alejandra, con una cara de ilusión, mientras me miraba y tomaba la taza de café.

—Costó, pero lo logramos —contesté mientras le devolvía el *pendrive*, cargado de vital información, a sus manos.

Juntos comenzamos a revisar en mi *laptop* las distintas carpetas que había copiado.

1) Credenciales de la agencia de publicidad HV Media.
2) Planificación estratégica de la campaña publicitaria.
3) Análisis del target y del público objetivo de la campaña.
4) Análisis de la competencia.
5) *Flow* y diferentes escenarios de planes de medios.
6) Estrategias creativas.
7) Costos de producción de materiales en moneda nacional y en dólares.
8) Presupuesto total en moneda nacional y en dólares.
9) Proceso científico de conversión de aire puro en combustibles fósiles.

En todas las licitaciones, cada vez que una central de medios o una agencia de publicidad, sin importar cuál sea, solicita costos a los medios de comunicación, estos últimos están obligados a brindar la misma información a dichas centrales y/o agencias. Es decir, si el Canal D de televisión abierta envía el costo del segundo para tanda para la agencia A, este costo deberá ser el mismo para la agencia C y la central de medios G. Lo que marcará la diferencia en cada licitación que hubiese y gane una agencia, será la estrategia creativa presentada, cómo esté armado el plan de medios, las credenciales que posea la agencia, el presupuesto total y cómo esté formado el equipo que trabajará para la cuenta. Cuanto más profesional sea el equipo, más puntos obtiene y así alcanzar el premio mayor. Aunque no siempre sucede de este modo.

—He visto a gerentes de *marketing* otorgar licitaciones a centrales de medios solo porque su cuñado o su primo era el director de esa central, y ni siquiera estaban cerca de realizar un trabajo verdaderamente profesional —en tono de queja me narraba Alejandra.

—Pero aquí es más complicado, hablamos de una licitación de un organismo estatal —le puntualicé con cierta ingenuidad.

—¡Ay, mi iluso y joven estimado! —dijo, como burlándose de mí.

Y en el instante que Alejandra pronunció esa frase, pude ver con claridad y recordar la cara de Vittoria. Mi corazón empezó a latir y palpitar de nuevo. Esas fueron, literal y exactamente, las mismas palabras que la directora de medios de HV Media me había mencionado cuando le pregunté por lo de Felipe.

Alejandra notó que mi rostro cambió por completo y que ya no me estaba sintiendo bien.

—Voy al baño unos minutos a lavarme un poco la cara —le comenté mientras me levantaba del sillón.

—Ya vi que te dio como un bajón de presión. ¿Desayunaste bien?

Mirándome al espejo del baño, cerré los ojos y recordaba una y otra vez esa escena. Eran las mismas palabras; no podía ser tanta casualidad. «¡Ay, mi iluso y joven estimado!» fue la misma frase que Vittoria había utilizado. ¿Será una doble agente?

—Maxi, vení, apúrate. Encontré la creatividad que armaron sobre el descubrimiento que hicieron y cómo lo van a comunicar. Debemos reconocer que hicieron un tremendo laburo.

—Qué bueno —fue lo único que atiné a decirle.

Intentaba concentrarme con gran esfuerzo en lo que me estaba mostrando en la pantalla de mi computadora, pero la frase me venía una y otra vez a la mente.

—Maxi, basándonos en las carpetas que copiaste en el *pendrive*, parece que están todos los documentos que necesitamos para poder tomar ventaja en esta licitación. Me voy rápido a YGV y me llevo el *pendrive* para dárselo a nuestro equipo de cuentas, creativos y media planners, así pueden tomar la información que necesiten y adaptarla a la estrategia y creatividad que estamos armando y vamos a presentar.

—Perfecto, Ale.

—De nuevo, muy buen trabajo. Felicitaciones. Necesitas descansar. Has estado bajo mucho estrés en estas semanas, y no es para menos. Lo bueno es que conseguiste lo más importante —dijo con un tono suave y alentador mientras me mostraba el *pendrive*.

—Es verdad. Me voy a descansar un rato en el sillón. Mañana tengo que volver a la agencia HV. En pocos días, todos presentaremos la licitación. Espero que no haya ningún cambio.

Capítulo XIII
Enmascarados

—Vittoria, vos trabajás para la agencia YGV Global Uruguay. Sos una doble agente que está pasando información de un lado hacia el otro —la acusé directamente.

Estábamos en una reunión frente a todos los integrantes del grupo en la agencia HV Media, cuando de pronto, vimos que Antonella sacaba una pistola 9 mm con una mira láser y apretaba el gatillo. Pum, pum, impactando en el pecho a nuestra jefa.

En ese instante, abrí los ojos y supe que estaba en un sueño o más bien una pesadilla por todo lo que venía sucediendo.

Pasaron tres horas desde que Alejandra se fue y me quedé en el sillón para descansar y relajarme por un rato. Sin darme cuenta, me quedé dormido.

Cuando me levanté para ir a la cocina a servirme un vaso de agua, me pareció raro ver que una de las ventanas del *living* estaba abierta.

—Qué raro. ¿La habré dejado abierta? —susurré en voz baja.

Me dispuse a cerrarla cuando a través de esta, en la calle, vi una camioneta negra con vidrios polarizados frente a la puerta de mi edificio. Un vehículo que nunca había visto en esa calle estaba estacionado. Corrí al dormitorio y me dispuse a vestirme de apuro, cuando al intentar agarrar mi reloj de la cómoda, empujé sin querer un cuadro con una foto de mi mamá y yo. El cuadro cayó al suelo y vi salir algo del portarretrato. Ahí estaba: un micrófono espía inalámbrico con receptor, oculto en el cuadro. Al volver a la ventana, la camioneta negra ya no estaba. Fue como si supieran que había descubierto el micrófono. Coloqué el micrófono en un lugar donde fuera imposible de escuchar y revisé todo el departamento con mucho cuidado, pero sin encontrar más rastros de nada.

—¿Qué está pasando? —me pregunté a mí mismo, sintiéndome cada vez más confundido.

No podía llamar a Alejandra; ya no me inspiraba confianza. En realidad, me sentía solo. ¿En quién confiar ahora?

Cada vez que buscaba un momento de paz y tranquilidad, descubría algo que me alteraba. Parecía ser que esta profesión de doble agente implicaba vivir constantemente al límite, con los nervios tensos y la adrenalina a flor de piel. De nuevo, la cuestión de si continuar o no estaba presente.

Estaba en la cocina de la agencia preparando un mate cuando Antonella apareció a mi derecha, abriendo y cerrando puertas de la alacena como si buscara algo.

—¿Te puedo ayudar en algo? —pregunté en tono amable.

—Sí. Necesitamos que revises detallada y minuciosamente la estrategia de medios que armaste para la licitación cuanto antes —dijo sin mirarme a los ojos.

Era notable, que su ánimo y humor hacia mí no eran los mejores, pero decidí no darle importancia.

—Perfecto. ¿Puedo revisar toda la licitación para ver si el plan de medios se ajusta a la estrategia creativa?

—De eso ya nos estamos encargando Vittoria y yo. Solo concéntrate en que la estrategia de medios direccione bien el mensaje creativo que estamos armando hacia nuestro público objetivo. Es vital que la pauta publicitaria de esta campaña sea altamente efectiva y eficaz. Necesitamos que no solo nuestro target, sino cada persona de nuestro país y del Cono Sur conozca la nueva y reciente innovación que tiene FALPORT en materia de combustible.

—¿Nueva innovación? Woow.

Antonella se dio cuenta de que casi comete un desliz, pensando que Vittoria ya me había comunicado el secreto de convertir el aire en cualquier tipo de combustible fósil.

—Vittoria te contará después. Tampoco es tan importante que lo sepas ahora —dijo con un tono sarcástico.

En efecto, yo debía ser de los pocos compañeros que desconfiaba de mí 100%. De todos modos, ya estaba al tanto de esa misteriosa innovación.

Capítulo XIV
Practicar para la exposición

Todo el equipo que trabajó en la licitación nos encontrábamos en una de las salas de la agencia HV Media, preparados para practicar la exposición. Aunque yo no iba a ser partícipe de la misma, debido al reciente y breve tiempo que llevaba en la agencia, era Vittoria quien expondría mi estrategia de medios. Sin embargo, estaba allí de *backup*, listo para intervenir en caso de consultas, dudas o inquietudes.

Después de más de tres horas en la sala, me sentía al borde del colapso por el cansancio, el estrés y el agotamiento. Tuve la oportunidad de revisar toda la licitación, incluido el anexo desarrollado por el departamento creativo de la agencia, que explicaba cómo convertir el aire puro en combustible.

Debemos reconocer que HV Media cuenta con la ventaja en este punto por conocer este trascendente secreto, mientras que las otras agencias competidoras, salvo YGV Global Uruguay, carecían de esta vital información. Esto me llevó a preguntarme qué tan transparente es esta licitación. Incluso basándome en lo que me explicaron cuando me entrenaron en YGV. En el momento en que las agencias presenten y exhiban todas las carpetas, cada una observará en detalle las estrategias de las demás, tanto en las planificaciones de medios como en las estrategias creativas. Por lo que saltará a la vista que solo dos agencias habían trabajado en este tema. Lo cual llevará a concluir que el resultado estará a la vista. Ganaría la agencia HV Media. Pero ahora, ¿cómo YGV Global Uruguay sabía del secreto del combustible? FALPORT no le quedará otra que decidir entre estas dos agencias, dejando de lado a las demás. Y es acá donde va a estar el conflicto y la gran interrogante: ¿Cómo tan solo dos agencias sabían que FALPORT se encontraba trabajando en algo tan confidencial? A pesar de que no estaba detallado y explícito en el *brief* de la licitación, HV Media saldría libre de problemas porque el citado organismo estatal es y continuará siendo cliente de la agencia. Pero, en el caso de la agencia YGV Global Uruguay, surgirá la pregunta entre todos los presentes en la licitación. ¿Cómo esta agencia se enteró de la invención de convertir aire puro en combustible? Por lo cual, si ataran cabos, concluirían que se produjo una evidente y clarísima fuga de información. Y lo peor de todo es que mi nombre aparecería en el medio, a raíz de que trabajé para ambas agencias.

En el instante en que las demás agencias demanden, exijan y acusen de fraude al organismo estatal por lo turbio y sospechoso de este concurso, me convertiría en un blanco evidente en el caso de que se tomaran el meticuloso trabajo de buscar un chivo expiatorio. Por lo que ambas agencias, tendrían todas las pruebas y evidencias en mi contra para acusarme de tráfico, envío de información y datos muy sensibles. Hipotéticamente, podría ir a prisión con una pena que iría desde los seis meses hasta los cinco años o en el peor de los casos, podría aparecer muerto en algún lugar.

Mi mente no dejaba de dar vueltas en esto. No podía parar de pensar.

—Maxi, ya es tarde. Antonella y yo vamos a imprimir acá en la agencia la licitación en varias copias para llevar. Si querés, puedes irte a tu casa a descansar —me comentó Vittoria con un tono afable.

—Dale, perfecto Vittoria. Dentro de un ratito me voy.

—Nos vemos mañana. Que descanses.

—Igual ustedes —concluí.

Después de esta breve interrupción, mi cabeza no cesaba de analizar y tratar de entender quién saldría beneficiado cuando estallara este conflicto. Lo que estaba seguro es que no me quedaba otra salida; debía hacer algo. Con tan solo 23 años de edad, no podía terminar encerrado en un calabozo. Aunque lo que hice no fue para nada profesional ni ético, no iba a ser el único en cargar con las consecuencias.

Capítulo XV
La encrucijada

Sentado en el living de mi casa, rememoraba todos los eventos que habían ocurrido desde mi graduación en la Universidad de Comunicación hasta la fecha. Había sucedido tanto, y nunca imaginé que terminaría en medio de esta encrucijada. Mi cerebro comenzó a trabajar a toda marcha, sin parar de contemplar todos los escenarios posibles que podrían suceder y cómo podría salir bien parado de cada uno de ellos. Tarde o temprano, mi nombre saltaría a la luz, ya fuera por una agencia o por la actual en la que me encontraba. Mis datos personales estaban en ambas agencias, Felipe había aparecido muerto, Alejandra y Vittoria parecían ser cortadas por la misma tijera y no podía confiar en ninguna de ellas, la extraña camioneta negra estacionada frente a mi departamento, el micrófono oculto en uno de mis portarretratos, y, sobre todo, no lograba discernir quién se beneficiaría en el caso hipotético de que la licitación de FALPORT fuera declarada nula o cancelada.

Capítulo XVI
El plan

No me quedaba otra salida que comenzar a actuar y aplicar todo lo que sabía y lo que ambas agencias me habían enseñado. El problema se acercaba cada vez más y, cada segundo que pasaba, estaba dispuesto a salir ileso.

Me dispuse como objetivo obtener de algún modo de nuevo el *pendrive* que contenía no solo toda la información de la agencia HV Media en relación con la licitación, sino que a su vez me iba a permitir entrar en las computadoras de YGV Global Uruguay y copiar toda la carpeta en la que estuvieron trabajando. Alcanzando ambas carpetas y por medio de un anónimo correo electrónico, mi idea consistirá en adjuntar ambos trabajos y enviarlo a la Comisión de Agencias de Medios, con copia a todos los medios de comunicación, ya sean canales de televisión abierta, televisión por cable, emisoras de radio, diferentes diarios, semanarios, revistas, portales digitales, redes sociales y hasta al propio organismo estatal. Utilizaré a mi favor todos estos partners cuya finalidad será que mi nombre salga del foco de atención y que el centro de interés y la tormenta pasen a estar en estas dos agencias que presentarán un mismo trabajo creativo en base al nuevo descubrimiento que alcanzaron los científicos de FALPORT. Todos los portales de noticias, diarios, radios y los noticieros, no solo tendrán toda la información en detalle de primera mano del fraude que estaban cometiendo ambas empresas publicitarias en la licitación, sino que, además, y lo más trascendental, el mundo sabrá que Uruguay descubrió la forma de transformar el aire puro en cualquiera de los cuatro tipos de combustibles fósiles.

Capítulo XVII
Complicidad

Eran las 8 de la mañana cuando me dirigí a la cocina para prepararme un mate. En ese momento, al abrir la ventana del *living*, la camioneta con los vidrios polarizados reapareció en escena.

—«Ya sé qué hacer», murmuré mientras agarraba la bolsa de basura.

Salí por la puerta y, para no levantar sospechas, me dispuse a tirarla en el contenedor del edificio y observar disimuladamente cuál era la operativa del vehículo y quiénes estaban en su interior. Mi edificio contaba con una puerta de emergencia para la entrada de ambulancias, utilizada también por quienes venían a limpiar las graseras de las cocinas, los camiones de basura de la Intendencia Municipal y los encargados del mantenimiento de las cañerías del edificio. La ventaja de esta puerta era que daba a uno de los costados de la calle. Así que, si la atravesaba, aparecería en la esquina y saldría a pocos metros por detrás del sospechoso vehículo negro.

Mientras me sitúo sin ser visto en la parte trasera de la furgoneta y con la cámara de mi celular registraba su matrícula, de manera inesperada vi que se abría la puerta del costado y descienden Alejandra y Vittoria juntas del vehículo. En ese momento, el recuerdo de la frase «¡Ay, mi iluso y joven estimado!» vino al instante a mi mente.

—Era de suponerse. Solo necesitaba confirmarlo. Alejandra de la agencia YGV Global Uruguay y Vittoria de HV Media juntas. Ellas eran quienes me estaban vigilando y las responsables de colocar el micrófono en mi casa. ¿Qué estaba pasando?

Minutos más tarde, desde la parte delantera del vehículo, distinguí que salía uno de los guardias de seguridad. ¡Cómo olvidarlo! Era uno de los que estuvo al lado mientras interrogaban brutalmente a mi difunto compañero Felipe. Sacó del interior de su campera una pistola 9 mm, le colocó un cargador y un silenciador. No cabía ninguna duda. Su idea era sacarme del medio y no dejar ningún cabo suelto.

—Que sea rápido y silencioso —indicó Alejandra al individuo.

—Ya no lo soportaba más, Ale. Cada vez que sucedía algo en HV, ponía esa cara de incrédulo de no saber nada, y hacerse el tonto era más que su especialidad.

—Tranquila, Vittoria —rio—. Lo entrenamos bien, pero es tan solo un simple y joven espía que roba y trafica información. No es un soldado que sepa pelear.

No podía creer lo que estaba escuchando de la boca de mi propia mentora. La única persona a la cual le había depositado toda mi confianza durante todo este tiempo era ahora la misma que pretendía asesinarme. Claramente, comencé a entender toda la complicidad que existía entre ellas. Lo que aún sigo sin saber es quién sería el beneficiado en caso de decretarse que hubo fraude en la licitación.

Escondido y sin que notaran mi presencia, vi que la puerta del costado del vehículo estaba abierta, así que me dispuse a ingresar, mientras ellas esperaban la verificación de mi muerte en el departamento en la parte delantera de la camioneta. No podía estar más agradecido al destino cuando visualicé la cartera de Alejandra. De prisa, la revisé a fondo y ahí estaba el *pendrive* que tanto buscaba.

Sin ir más lejos, lo tomé y salí del vehículo rápido. Justo en ese momento escucho:

—No está en su departamento.

—¿Cómo que no está?

—Uno de los inquilinos me comentó que lo vio bajando muy apresurado con una bolsa de basura.

—Maxi y la reputísima madre. Sabe que estamos aquí. Creo que ya se enteró de que trabajo para HV Media —dijo Alejandra, agarrándose la cabeza.

—No creo, Ale. ¿Decís que ya sabe que sos una doble agente?

—Es un simple y joven espía, pero no es un idiota. Ya descubrió el micrófono que le colocamos en el portarretrato para grabar sus conversaciones y movimientos.

La CEO de YGV Global Uruguay, la persona que me contrató, la que me entrenó durante dos años, la que me enseñó todo lo relacionado con ser un gran estratega en el departamento de medios y un profesional en el hurto y tráfico de información, era la misma que me estaba traicionando y la que me quiere ver muerto.

Ya había escuchado suficiente, así que decidí salir de ahí sin ser detectado y continuar con mi plan.

Capítulo XVIII
El *pendrive*

Mientras me dirigía hacia la agencia YGV Global Uruguay, mi mente no paraba de darle vueltas al asunto.

Pero si Alejandra trabajaba como doble agente para HV Media, ¿no era mejor encargarle la misión a Vittoria?, me preguntaba.

Algunas interrogantes se iban respondiendo solas en cada paso. Claramente necesitaban un chivo expiatorio. Las computadoras en HV Media registran cuando un usuario ingresa y cada movimiento que este realice en la computadora. Fue Vittoria quien, habiendo quedado atrapada en el baño durante la reunión de la Comisión de Agencias de Medios, revisó la computadora en dos ocasiones, y al hacerlo, recibió una notificación donde vio con claridad mi nombre completo, la fecha y el momento exacto en que realicé la copia de todos los archivos. Era una evidencia más que podrían usar en mi contra.

Eran las 00:30 horas cuando me situé frente a mi computadora en la agencia YGV Global Uruguay, listo para copiar toda la carpeta de la licitación. Logré ingresar sin ser detectado, excepto por un guardia de seguridad en la recepción, que me miró con escepticismo debido a la hora, pero no tuve dificultades para convencerlo de que me permitiera entrar. A diferencia de la agencia HV Media, YGV Global Uruguay almacena y respalda todos sus documentos de trabajo en un servidor único. Mientras buscaba carpeta por carpeta, encontré la presentación que esta agencia expondría en la licitación, cuando, de manera sorpresiva, se encendieron las luces en toda la sala grande del departamento de medios y comencé a oír pasos de alguien acercándose.

—¿Y cuál sería tu plan, Maxi? —gritó Alejandra desde la entrada a la plataforma. ¿Robar nuestros documentos y correr de un lado para el otro? Sé que tienes mi *pendrive*. Recuerda que fui yo quien te entrenó y estaba segura de que vendrías a tu ex oficina por nuestra presentación. La verdad, no pensé que llegarías muy lejos ni que soportarías tanta presión. ¿Cuándo te diste cuenta de que soy una especie de comodín y trabajo para ambos lados? No debiste haberte enterado del secreto de FALPORT.

Mientras Alejandra hablaba y caminaba lento buscando mi presencia por toda la enorme habitación, yo me encontraba en un manto y un rotundo silencio con mi computadora debajo de uno de los escritorios, copiando todos los archivos de la carpeta.

—Sé que estás aquí, Maxi. Sal de donde estés. Podemos ayudarte a salir de esta encrucijada —continuaba gritando, tratando de persuadirme.

Quedaban pocos segundos para completar la transferencia de los archivos al *pendrive*.

Cuando salí de mi escondite, le dije:

—Después de dos años, aún tengo acceso a mi máquina con mis huellas. Es extraño que no hayas borrado mi registro.

Ahora estábamos frente a frente, con la ventaja de que ella se encontraba a pocos metros de la única puerta de salida.

Capítulo XIX
Frente a frente

—¿Por qué, Ale? ¿Por qué tuviste que ser tú? Te juro que le doy vueltas al asunto y de todas las personas que conocí, no esperaba que fueras vos la traidora. Recuerdo la primera vez que me entrevistaste, quedé maravillado con tu personalidad y el aplomo que tenías. En realidad, te consideraba una jefa increíble, un modelo a seguir, una profesional con cualidades de liderazgo admirables.

Pero cuando conocí a Vittoria, empecé a notar que había características personales y ciertas particularidades tuyas en ella. Por momentos, creí que estaba perdiendo la razón y comencé a prestar más atención a sus acciones. Efectivamente, cada gesto y cada palabra suya me lo corroboraban más. Verlas juntas hoy frente a mi casa no hizo más que confirmar lo que te estoy diciendo.

—Ella fue mi primer modelo prototipo de doble agente —rio con sarcasmo—. Ingresó en HV Media como una simple cadete y, con el pasar de los años, fue aprendiendo y ascendiendo de puesto hasta llegar a ser la directora del departamento de medios. Si la agencia YGV Global Uruguay ha crecido de manera rentable en este país, es gracias a la información que ella me traficaba. Pero la seguridad en HV Media cambió por completo, y el directorio de esa agencia comenzó a notar ciertas irregularidades en el manejo de sus cuentas y varias fugas de información. Para protegerla, sin perder tiempo, puse a otro de nuestros dobles agentes a trabajar en HV Media.

—Felipe —le afirmé.

—Exactamente —me confirmó.

—Felipe iba a ser el chivo expiatorio en caso de que algo saliera mal, para cubrir y proteger a Vittoria.

—Como Felipe ya no está, mi nombre es el que sigue, ¿verdad?

—Correcto. Y más aún con una licitación importante en juego y un gran secreto industrial que podría revolucionar el mundo.

—Ahora estoy empezando a entender el panorama. Lo único que no me queda claro es qué pasará si las demás agencias descubren que solo dos agencias sabían del descubrimiento de FALPORT a través de la estrategia creativa.

—Si las demás agencias de publicidad descubren o se percatan de que hubo fraude o engaño en la licitación de este organismo estatal, enviarán una carta denunciando lo sucedido a la Comisión de Agencias de Medios. Mientras se lleva a cabo la investigación, el concurso quedará en pausa hasta que se emita un fallo. Si se determina que no hubo irregularidades, cada agencia seguirá con sus presentaciones según estaban planificadas. Pero si este organismo de control comprueba que hubo irregularidades, como creo que ocurrirá, la licitación se anulará por completo y la cuenta de FALPORT permanecerá con la agencia HV Media por dos períodos más.

—Ya veo que tu plan fue perfecto —rio—, Ale. Lo tenías todo calculado. Lo que no entiendo ahora es, ¿qué ganas tú con todo esto? ¿Cuál es tu beneficio?

— Asumir el mando completo de todas las agencias HV Media que hay en el mundo y controlarlas desde Casa Central en Francia.

—Eso es imposible, no podés. Perteneces a YGV Global Uruguay —dije, asombrado.

—¡Ay, mi iluso y joven estimado! —riendo—. Después de la investigación, cuando HV Media presente su licitación y comience a publicitar que FALPORT puede convertir el aire puro en combustibles fósiles, ingresarán miles de millones de dólares a la agencia. Esto le dará el poder suficiente para comprar y adquirir completamente todas las acciones en la Bolsa de Valores de la Red Global de YGV. De inmediato, se instalará un nuevo directorio y Vittoria me devolverá el favor, nominándome para formar parte de ese directorio. Además, recuerda que YGV Global Uruguay posee una red de espías y dobles agentes entrenados por mí, de todas las profesiones que puedas imaginar y en la mayoría de las organizaciones y entidades multinacionales. Con estos agentes, empezaremos a ganar más cuentas, más clientes y acceso a estrategias creativas de marcas globales, diferentes innovaciones en medios, concursos, pitch, entre otros. Así que no tardaré en tomar el control completo de HV Media.

—No puedo creer que en realidad vayas a ejecutar este plan. Con la desaparición de las demás agencias, dejarás a mucha gente sin trabajo. Ya hablamos de esto. Si se descubre el invento de FALPORT, las economías dependientes del petróleo se hundirán y desaparecerán. Ale, habrá guerras, países en conflicto. No sigás con esto porque causarás más pobreza y más sufrimiento. Parece que no comprendés la magnitud del problema.

—Dame el *pendrive*, Maxi —me exige—. O tendré que dispararte y no quiero hacerlo.

Veo como aparecía en mi pecho una mira láser de una pistola Glock 9 mm.

Justo en ese momento, comenzaron a parpadear luces y se oyeron ruidos de sirenas.

—Suelte el arma, señora. Somos de la Interpol. El edificio está rodeado.

Minutos más tarde, Antonella apareció en escena con un arma apuntando a Alejandra. A pesar de su actitud distante y reservada hacia mí, resultó ser una fachada, ya que trabajaba como doble agente para Interpol, operando encubierta en HV Media.

—Gracias al micrófono que me diste el otro día en la cocina de la agencia y que colocamos en tu campera, tenemos grabada toda la conversación y las pruebas suficientes para culpar y condenar a Alejandra y a Vittoria por un largo período —dijo Antonella.

—E incluso a toda la red de dobles agentes esparcidos por el mundo ¿verdad?

—Eso será más complejo de descubrir, pero si estás dispuesto en ayudarnos, lo intentaremos. No fui tan mala contigo —ríe—. Podría haber sido peor. Pero ahora, Maxi, necesito que me entregues el *pendrive* como prueba para la investigación.

El *pendrive* contenía no solo la información de las estrategias publicitarias de ambas agencias para la licitación, sino también el controvertido descubrimiento de la empresa FALPORT.

Me preguntaba si Uruguay estaba preparado para esta nueva innovación y si el mundo estaba listo para vivir esta transformación. Este descubrimiento podría significar mucho menos contaminación, pero ¿a qué costo? ¿Vidas humanas? Las organizaciones y países poderosos que comercializan con petróleo harían lo imposible por apoderarse de esta innovación.

—No puedo, Antonella. No puedo darte este *pendrive.* Millones de personas morirán. Habría muchísima más pobreza. Las economías que dependen del petróleo perderían todas sus ganancias. Las acciones en la Bolsa de Valores se desplomarían. El mundo no necesita esta innovación ahora.

—Maxi, nosotros controlaremos a quién darle esa información. Por favor, te lo pido, entrégame el *pendrive.* Te lo reclamo como una compañera.

—No, Antonella. Necesitamos destruir este secreto.

Mientras tanto, varios efectivos policiales registraban y revisaban el lugar.

—Te lo exijo como una agente de Interpol, apuntándote con un arma y que acaba de salvar tu vida. Entrégame ese *pendrive,* Maxi —exigió, elevando su tono de voz.

No tuve otra opción que entregarle el *pendrive.*

—Resultaste ser peor que las otras dos.

—Es mejor que esto esté en nuestras manos.

—¿Sí? ¿En cuáles manos? ¿En las de Interpol? Recuerda que los científicos fueron los autores que descubrieron esto.

—¡Ay, mi iluso y joven estimado! —dijo Antonella, con una risa sarcástica.

Mi cara se transformó en asombro al escuchar esa frase de nuevo, era como un déjà vu, recordando a Vittoria y a Alejandra diciendo lo mismo. No podía creerlo. Antonella era una de ellas.

—¿Qué hicieron con los científicos? —pregunté con voz temblorosa.

—¿Qué científicos? —respondió con una risa sarcástica—. Ya no hay científicos, y tampoco habrá más personas que sepan sobre este descubrimiento.

—No puedo creer que los hayan asesinado a todos —dije, aún asombrado.

—Muchas personas conocen este secreto, y cuanto menos lo sepan, mejor. Además, me queda una cuenta pendiente —dijo, mirándome fijamente.

—¿Yo?

—Te ofrecemos unirte a nuestro equipo. Ha sido una primera experiencia intensa para ti, caótica, pero no puedes negar que fue interesante y que aprendiste mucho.

Nos quedamos frente a frente en la sala, con solo un par de uniformados más, que seguían registrando el lugar.

—¿Y convertirme en cómplice de lo que están planeando? Están mal de la cabeza.

En ese momento, un hombre con campera negra y armado se acercó a Antonella.

—Antonella, debemos irnos. ¿Encontraste las pruebas que buscabas?

—No encontré nada, sargento. Estoy interrogando a este testigo, pero no me está siendo de mucha ayuda.

—¿Necesitas ayuda con él?

—No, en un rato termino. Y si este testigo no colabora, no me quedará otra opción que arrestarlo por complicidad.

Antonella volvió su mirada hacia mí.

—Maxi, te estoy ofreciendo la oportunidad de salvar tu vida y asegurarte un trabajo profesional con un buen salario —dijo Antonella.

—¿Eres una de ellos? ¿Por eso le mentiste a tu oficial superior?

—Maxi, el tren pasa una vez. Ven con nosotros. Créeme, quedarás libre de toda culpa. Alejandra, Vittoria, tú y yo podríamos formar un equipo increíble.

—¿Alejandra va a quedar libre de todo esto?

La red YGV Global Uruguay era más poderosa de lo que me temía. Disponían de espías y de influencias hasta en la Interpol. Por lo que Alejandra y Vittoria saldrían inmunes de cargos, sin denuncias administrativas por fraudes y denuncias penales que ensuciarían sus legajos. Por lo que continuarán llevando a cabo su plan.

Nuevamente entraron agentes corriendo para buscar a Antonella cuando en un momento de distracción, rápidamente me oculté debajo de una de las mesas.

Antonella, nos vamos. No tenemos más nada que hacer acá. Le ordenó el sargento. A todo esto, ¿qué paso con el testigo que tenías en frente?

Escapó sargento. Necesitamos enviar urgente una orden de captura.

Capítulo XX
Tal como lo había anunciado

Siendo las 8:30 horas de la mañana de hoy, lunes 22 de septiembre, para muchos quizás sea un día normal, pero en el sector publicitario de nuestro país era una fecha muy esperada debido a que, en pocas horas, se llevará a cabo la presentación de la licitación de una de las principales cuentas estatales, FALPORT. Cada agencia de publicidad disponía de un máximo de una hora para exponer y mostrar sus carpetas. El evento tendría lugar en el salón principal de la mencionada empresa pública, que lucía especialmente arreglado y engalanado para la ocasión, con una larga mesa para acomodar a todos los miembros del directorio y del equipo de *marketing* de FALPORT, y diversas mesas redondas, cada una con siete u ocho sillas alrededor de cada una de ellas.

Cada mesa con su apropiado ágape de lujo, correspondía para cada una de las agencias de publicidad que competían por esta cuenta mediante este concurso.

Conforme avanzaban las presentaciones, los directores, ejecutivos de cuentas, planificadores y creativos disfrutaban del evento, hasta que, tal como Alejandra había anticipado, las demás agencias empezaron a notar que las estrategias creativas de YGV Global Uruguay y HV Media no solo eran muy similares o casi idénticas, sino que también revelaban uno de los mayores descubrimientos del siglo: cómo transformar el aire puro en energía y combustible fósil. El murmullo y los cuchicheos entre los participantes de cada mesa crecían y se intensificaban.

—Perdón, pero esto no estaba en el *brief* —exclamó uno de los directores de agencia.

—El *brief* que tenemos detalla algo completamente diferente. Estamos revisando de nuevo las hojas de la licitación y, ¿nos hemos perdido de algo o nos faltó adquirir algún anexo del pliego? Porque no tenemos esa información. ¿Cuándo nos iban a informar sobre esta invención que presentaron creativamente YGV Global Uruguay y HV Media? —preguntó otro director desde su mesa, retando a las autoridades de FALPORT.

Los dueños y directores de las otras agencias, frente a todos los presentes, señalaron que la licitación no solo presentaba una grave falta de claridad y escasez de información, sino que también había habido una severa fuga de datos y que este nuevo descubrimiento de FALPORT no debería haber sido parte de la licitación. Por ello, se vieron obligados a denunciar inmediatamente las irregularidades y el fraude ante la Comisión de Agencias de Medios para que se iniciara una investigación administrativa y judicial urgente.

El ambiente en el salón se tornó muy caldeado y fastidioso, con insultos y fuertes recriminaciones hacia todos los miembros del directorio de la empresa estatal, que se miraban asombrados entre sí, desconociendo completamente las infracciones acusatorias de la licitación y la increíble innovación descubierta por uno de sus departamentos científicos.

Aunque no fui partícipe de la mesa de HV Media, dado que días atrás querían verme muerto, no tuve más opción que infiltrarme en el evento de forma camaleónica, haciéndome pasar por un falso fotógrafo de FALPORT para documentar con imágenes y videos todo lo ocurrido. Solo me restaba recuperar el *pendrive* que Antonella me había quitado horas antes.

—¿Hey, tú? El fotógrafo de gorra —me llamó uno de los guardias de seguridad.

—¿Quién? ¿Yo? —se dirigía hacia mí por lo que me puse en alerta.

—Sí, tú, y el camarógrafo, necesitamos que nos entreguen todas las imágenes y los videos que hayan registrado del evento.

Es crucial que no se difunda nada de lo sucedido aquí y menos aún que se hable con alguien externo. Entréguenme sus tarjetas de memoria.

—Perdón, pero solo me queda una tarjeta y mañana necesito seguir trabajando. ¿Podría descargar todas las imágenes de mi cámara en esa *laptop* que usaron para proyectar las presentaciones? —indiqué con el dedo hacia donde estaba la pantalla grande.

—Ok, pero hazlo rápido y después borra todos los registros de tu cámara. Antes de irse, deben pasar por seguridad para asegurarnos de que hayan eliminado todos los registros y verificar que no se lleven ninguna información, así podremos pagarles por el trabajo del día.

Comencé a conectar mi cámara al computador, cuando el destino parecía favorecerme al ver conectado en la *laptop* el tan buscado y preciado *pendrive*. Por las circunstancias de las polémicas, los reiterados reclamos y los gritos todos los participantes se retiraron inmediatamente de la sala y HV Media, que fue la última agencia que expuso su presentación, se olvidó de retirar este vital elemento.

Disimuladamente, desconecté el *pendrive* y lo escondí en el interior de mi calcetín, pegado a la pierna derecha.

—Flaco, ¿podés apurarte con esa descarga? —dijo el guardia de seguridad, mientras me relojeaba cada tanto y me ordenaba desde el medio del salón.

—Solo me quedan cuatro minutos para completar la transferencia —respondí, intentando ganar tiempo.

En esos magros segundos, necesitaba idear un plan para salir de allí sin ser reconocido, con el *pendrive*, las imágenes y los videos que había capturado.

—Flaco, ¿ya terminaste? Necesito revisar tu cámara para asegurarme de que transferiste todos los archivos y que no te llevas información.

—Aguardame que ya te doy la cámara.

Mientras desconectaba mi cámara del computador, observé que el camarógrafo estaba fumando en el interior del salón de una empresa que fabrica y distribuye combustible, a lo cual rápidamente se me ocurrió cómo escapar.

—No sabía que se podía fumar aquí —comenté, fingiendo sorpresa.

—No se puede, está estrictamente prohibido y hasta penalizado.

—Entonces, ¿por qué ese camarógrafo está fumando? —señalé, distrayendo al guardia.

—¿Eh? Apagá eso ahora mismo —exclamó el guardia, acercándose al camarógrafo.

Aproveché esta afortunada ocasión para activar la alarma contra incendio. No demoró ni dos segundos cuando no solamente se activó la alarma con los rociadores de agua para todo el salón, sino que al mismo tiempo se abrieron automáticamente todas las puertas y las ventanas del lugar. A pesar de estar un poco mojado, logré salir del edificio velozmente y correr como si no hubiera un mañana.

Capítulo XXI
La estocada final

Con la información crucial en mi poder y sabiendo que mi apartamento no era seguro, pues la camioneta negra estaría vigilando con mayor intensidad mi edificio y sus alrededores, decidí dirigirme al lugar donde todo este torbellino había comenzado: la Universidad de Comunicación.

Esta facultad contaba con una extensa sala de informática, equipada con todas las herramientas y recursos tecnológicos necesarios para orquestar un eficaz plan de comunicación. Mi objetivo era difundir y revelar, tanto en Uruguay como en el Cono Sur, el fraude y la manipulación perpetrada en la licitación de una de las empresas estatales más importantes, implicando a dos destacadas agencias de publicidad y con la complicidad del Departamento de *Marketing* de FALPORT.

Capítulo XXII
El momento llegó

Aún húmedo, hambriento y cansado tras casi dos horas editando videos del evento, fotos y archivos con las estrategias publicitarias en un *pendrive*, estaba a punto de enviar un correo electrónico genérico a todos los medios de comunicación, incluyendo noticieros de televisión abierta y por cable, emisoras de radio y sitios digitales, tanto nacionales como internacionales. Fue entonces cuando sonó en mi celular *Mixed Emotions* de los Rolling Stones.

—Pensé por un instante que estarías tras las rejas, mi estimada Alejandra. Pero ya sé que cuentas con ayuda hasta de la Interpol.

—Maxi, estás en altavoz. Estamos las tres en tu departamento, Vittoria, Antonella y yo, para decirte que te subestimamos y que en realidad te menospreciamos. Todavía confiamos en que seas parte de nuestro equipo. Todo sigue como te expliqué la última vez que nos vimos. Sé que tienes el *pendrive* contigo, y es el único soporte que tiene el secreto que FALPORT descubrió. En mi computadora de YGV Global Uruguay, borraste todos los archivos. Los científicos ya no existen, como te dijo Antonella, y perdimos la computadora de Vittoria porque quedó en la sala de presentaciones y se dañó con el agua. Así que ya no sirve. ¿Dónde estás?

—No Alejandra. Estoy cansado de las mentiras, de los engaños, de no saber en quién confiar. De no poder ser transparente y tener que ponerme una máscara en cada sitio y escenario en que me encuentre. Sinceramente confié en vos, como jefa y líder. Pero cuando vi que querías matarme cuando me apuntaron con un arma, cruzaron una línea. Lo siento, no puedo.

—Maxi, por favor. Te pedimos disculpas. Tómalo como tu última prueba de entrenamiento. Podemos contar contigo para cualquier misión que tengamos a futuro. O si lo deseas, puedes irte y no te molestaremos más. Tan solo necesitamos que nos entregues el *pendrive* —dijo, casi suplicando.

¿Irme así de fácil? —reí—. ¿Como el planificador que enviaron a matar para que quedara vacante el cargo en HV Media? ¿O como mi fallecido compañero Felipe? O quizás, ¿como los científicos? Salirse de ustedes no es tan simple, si no es por medio de un cajón de muertos. Me despido, chicas, tengo un mail armado con una presentación adjunta que enviar.

—Pará, pará Maxi. No nos cortes. ¿Qué presentación? ¿Qué mail?

—Miren, lean y escuchen a partir de hoy todos los informativos en horario central —dije, presionando el botón de enviar.

«Su mensaje ha sido recibido correctamente» eran las respuestas de los diferentes medios de comunicación que iba recepcionando mi reciente y creada casilla de correo.

Epílogo
¿Qué hacer ahora?

La noticia del fraude y el engaño en la licitación de FALPORT se difundió en un instante, y los noticieros comenzaron a emitir toda la información que había enviado horas antes. La repercusión fue tan grande que los tres poderes del gobierno tomaron medidas al respecto. El presidente de la República, a través del Poder Ejecutivo, solicitó al ministro de Industria, Energía y Minería la disolución del directorio de FALPORT. Desde el Poder Legislativo, varios senadores urgieron un llamado a sala al aludido ministro para que diera explicaciones sobre los sucesos en la empresa estatal. Y en el Poder Judicial, jueces ordenaron de inmediato el allanamiento de las agencias de publicidad implicadas, responsabilizando a sus directores y al personal involucrado de estas dos empresas de comunicación.

En cuanto a mí, no me quedó otra que escapar en mi moto. Sin un destino marcado, sin rumbo alguno, debido a todas las consecuencias que estaban por venir y mi nombre no iba a tardar en aparecer en cualquier momento. Tuve que abandonar a mi mamá y a mis amigos más cercanos. No me quedó otra que cambiar mi vida. Pero, ciertamente, no tuve otra opción que escapar. Acá estoy huyendo por la ruta a gran velocidad y tan solo con una mochila, algunos dólares, una *laptop*, una cámara fotográfica y el tan codiciado *pendrive* con el gran descubrimiento en su interior. Prueba suficiente para demostrar mi inocencia.

www.ingramcontent.com/pod-product-compliance
Lightning Source LLC
LaVergne TN
LVHW090125160826
845673LV00015B/1018
9786125142924